AF461670

LE LIVRE

DE

TOUS LES AGES

CONTENANT

UNE FOULE DE NOTIONS

UTILES ET INTÉRESSANTES

OUVRAGE ORNÉ DE NOMBREUSES VIGNETTES.

LIMOGES.
IMPRIMERIE DE CHAPOULAUD FRÈRES,
PLACE DES BANCS, 9.

AU LECTEUR.

L'auteur de ce livre a voulu plaire et instruire en même temps : il a réuni dans un espace assez restreint une foule de détails intéressants, pour lesquels il lui a fallu compulser un grand nombre d'ouvrages volumineux et d'un prix à la portée de peu de personnes. Histoire ancienne, histoire du moyen âge, histoire moderne, géographie, statistique, voyages, tout a été mis à contribution. L'habitant des villes comme celui des campagnes, le voyageur comme l'homme sédentaire, trouveront dans ce livre des notions précieuses et un agréable délassement.

L'auteur s'est montré d'une extrême circonspection dans les tableaux qu'il a eu à peindre, et la plus sévère morale n'aura rien à reprocher à la hardiesse de son pinceau. D'un autre côté la gravure sur bois, qui, depuis quelques années, à fait des progrès si merveilleux, est venue lui prêter son utile concours. De sorte que ce volume a pu, sans crainte d'une critique injuste, prendre le nom de *Livre de tous les âges* comme il aurait pu s'appeler le *Livre de toutes les conditions*.

LE LIVRE DE TOUS LES AGES.

Description de la Gaule. — Mœurs et usages de ses habitants.

On divisait toute la Gaule en trois parties : l'une habitée par les Belges, l'autre par les Aquitains, la troisième par ceux qui dans leur langue s'appelaient Celtes, et en latin Gaulois. Tous ces peuples différaient entre eux de langage, de mœurs et de lois. Les Gaulois étaient séparés des Aquitains par la Garonne; des Belges, par la Marne et la Seine. La partie des Gaules habitée, comme nous l'avons dit, par les Gaulois commençait au Rhône, et elle était bornée par la Garonne, l'Océan et la frontière des Belges; du côté des Francs-Comtois et des Suisses elle allait jusqu'au Rhin, et tournait vers le nord. Les Belges commençaient aux frontières des Gaules, s'avançaient jusqu'à l'embouchure du Rhin, et regardaient vers le nord et l'orient. La Gaule aquitanique s'étendait de la Garonne aux Pyrénées, et à cette partie de l'Océan qui baigne l'Espagne; elle était entre le couchant et le nord.

Non seulement les différents peuples de la Gaule, les villes, les bourgs et villages, mais encore presque toutes les familles, étaient divisés en plusieurs factions, à la tête desquelles étaient ceux qui avaient le plus de crédit. C'étaient eux qui exerçaient à leur fantaisie le souverain pouvoir; dans les conseils ils faisaient résoudre ce qu'il leur plaisait. Il semble qu'anciennement les choses avaient été établies sur ce pied pour défendre les petits de l'oppression des grands. Car chacun avait soin de protéger ceux de son parti, et d'empêcher qu'ils ne fussent accablés; sans quoi il perdait lui même toute son autorité. Il en était de même pour le gouvernement général de la Gaule, dont toutes les nations étaient divisées en deux partis.

Dans toute la Gaule il n'y avait que deux sortes de personnes qui fussent en quelque estime et en quelque considération, les Druides ou les prêtres, et la noblesse ou les chevaliers: car le peuple y était presque regardé comme esclave; il ne pouvait rien par lui-même, et n'entrait dans aucun conseil. La plupart d'entre eux, lorsqu'ils étaient accablés de dettes et d'impôts, ou opprimés par la violence des grands, s'attachaient à quelqu'un, qui avait la même autorité sur eux qu'un maître sur ses esclaves.

Le second ordre était celui des chevaliers ou des nobles, qui prenaient tous les armes quand il y avait quelque guerre; et, avant l'arrivée de César, il y en avait presque tous les ans, soit pour attaquer, soit pour défendre. Plus quelqu'un parmi eux avait de naissance et de biens, plus il avait de vassaux et de gens à ses gages. C'était là la seule marque de distinction qu'ils connussent.

Dans leurs républiques qui passaient pour bien réglées il était établi par les lois, si l'on apprenait par le bruit public ou autrement quelque chose qui concernât l'état, d'en informer le magistrat sans le communiquer à aucun autre, car on pensait que des gens imprudents et sans expérience, effrayés par de faux bruits, étaient capables de se porter aux plus grandes extrémités, et de prendre un mauvais parti sur des affaires de la dernière importance. Le magistrat n'en découvrait au peuple que ce qu'il jugeait convenable, et il cachait le reste. Il n'y avait qu'au conseil qu'il fût permis de parler d'affaires d'état.

Les Gaulois se disaient descendus de Pluton : c'est une tradition qu'ils tenaient des Druides. C'était pour cela qu'ils mesuraient le temps par le nombre des nuits, et non par celui des jours. Soit qu'ils commençassent les mois ou les années, ou qu'ils parlassent du temps de leur naissance, la nuit précédait toujours le jour. Quant aux autres usages, les Gaulois ne différaient guères des autres qu'en ce qu'ils ne permettaient à leurs enfants de paraître devant eux en public que lorsqu'ils étaient en âge et en état de porter les armes. Ils croyaient malhonnête que leurs enfants en bas âge se montrassent publiquement devant eux.

Un homme en se mariant était obligé de mettre dans la communauté la même somme, estimation faite, qu'il avait reçue pour la dot de sa femme : on dressait un état de tout cet argent, et les fruits en étaient mis à part : ces deux sommes et ce qu'elles avaient rapporté appartenaient au survivant. Le mari avait puissance de vie et de mort sur sa femme comme sur ses enfants. Quand un homme de distinction mourait, ses parents s'assemblaient : si la femme était soupçonnée, on lui donnait la question comme à un esclave, et, et si elle était convaincue, on la brûlait après lui avoir fait souffrir les plus cruels tourments. Leurs funérailles étaient magnifiques et somptueuses pour le pays : on y brûlait tout ce qu'on croyait que le défunt chérissait, jusqu'aux animaux; et, dans les premiers temps, les esclaves et les affranchis que l'on savait qu'il avait aimés étaient jetés au feu avec son corps.

Druide offrant un sacrifice.

Le nom de *Druide* vient du grec *drys*, mot qui signifie *chêne*. Les Druides attribuaient de grandes vertus au gui du chêne ; c'était dans les bois de chênes qu'ils sacrifiaient à leurs divinités, et qu'ils faisaient leur demeure. Ils avaient un enseignement entre eux et des écoles pour l'instruction des peuples . les principales de ces écoles étaient situées à Chartres, Autun, Marseille et Toulouse. C'était dans le pays Chartrain que se trouvait le grand collége des Druides gaulois: c'était là que, tous les ans, ils tenaient les états, et décidaient des affaires importantes;

c'était là enfin que, avec le plus pompeux appareil, ils distribuaient le gui de chêne au commencement de l'année à titre d'étrennes.

Toute la nation gauloise était fort superstitieuse; en sorte que, dans leurs grandes maladies, et dans les dangers où ils se trouvaient à la guerre, ils ne faisaient pas difficulté d'immoler des hommes, ou de faire vœu d'en sacrifier, et pour cela ils se servaient des Druides; ils s'imaginaient ne pouvoir appaiser leurs dieux qu'en offrant vie pour vie; ils avaient même établi des sacrifices publics de cette espèce. D'autres avaient des statues d'osier d'une énorme grandeur, qu'ils remplissaient d'hommes vivants : après quoi ils y mettaient le feu, et les faisaient expirer dans les flammes. Ils préféraient pour cela des voleurs et des brigands, ou des gens coupables de quelque autre faute : ils croyaient que le sacrifice de pareilles gens était bien plus agréable à leurs dieux; mais, quand il leur en manquait, ils leur substituaient des innocents.

Leur grand dieu était Mercure; ils en avaient quantité de statues : ils le croyaient l'inventeur des arts, le guide et le conducteur des voyageurs dans les chemins et dans les voyages, le patron des marchands. Après lui les dieux les plus révérés étaient : Apollon, Mars, Jupiter, Minerve, desquels ils pensaient à peu près la même chose que les autres peuples Ils croyaient qu'Apollon chassait les maladies, que Minerve présidait aux arts, Jupiter à l'empire du ciel, et que Mars était l'arbitre de la guerre. La plupart du temps ils faisaient vœu de consacrer à Mars les dépouilles de l'ennemi, et après la victoire ils, lui sacrifiaient le bétail qu'ils avaient pris; le reste était déposé dans un lieu destiné à cela, et l'on voyait dans plusieurs villes des monceaux entassés dans des lieux consacrés. Il arrivait rarement que, au mépris de la religion, quelqu'un cachât le butin qu'il avait fait, ou osât détourner quoi que ce fût de ce qui avait été mis en dépôt : les châtiments les plus cruels étaient attachés à un pareil crime.

Les Druides étaient chargés des choses divines, des sacrifices de toutes sortes; ils expliquaient ce qui avait rapport à la religion. Ils avaient soin de l'instruction et de l'éducation de la jeunesse, qui les respectait beaucoup. Ils prenaient connaissance de tous les démêlés, tant publics que particuliers. S'il se commettait quelque meurtre, s'il s'élevait quelque contestation entre des héritiers, si l'on disputait sur les bornes d'un champ, c'étaient eux qui en jugeaient, c'étaient eux qui décernaient les peines et les récompenses. Si quelqu'un, quel qu'il fût, refusait de se soumettre à leurs décisions, il était exclu de la participation à leurs sacrifices : c'était là chez eux un châtiment terrible : celui qui l'avait mérité passait pour un impie et un scélérat, et tout le monde l'abandonnait; personne ne pouvait le voir ni lui parler : on le regardait comme un pestiféré que l'on évitait de peur de gagner son mal; on ne lui rendait point de justice : il était l'objet du mépris universel. Tous les Druides n'avaient qu'un seul chef : son autorité était absolue; lui mort, le plus considérable de ceux qui lui survivaient lui succédait : s'il y avait plusieurs prétendants, l'affaire était décidée entre eux par élection, et quelquefois par les armes. Tous les ans ils s'assemblaient en une certaine saison sur la frontière du pays Chartrain, qui passait pour le milieu de la Gaule, et cela dans un lieu consacré à ces assemblées. Là tous ceux qui avaient quelque différend se rendaient de toutes parts, et acquiesçaient à leurs jugements. On croit que leur institution venait de l'Angleterre, d'où elle avait passé en Gaule.

Les Druides n'allaient point à la guerre, ne payaient point d'impôts, et étaient exempts de toutes charges et de toutes contributions. Tant de privilèges engageaient quantité de gens à entrer parmi eux, et les pères à y envoyer leurs enfants. On dit qu'ils y apprenaient par cœur un grand nombre de vers : aussi quelques-uns restaient-ils des vingt années sous la discipline de leurs maîtres, qui ne permettaient pas qu'on écrivît ces vers, quoique, dans presque toutes les autres affaires, et publiques et particulières, ils se servissent des caractères grecs. Ils avaient pris la méthode de ne pas faire écrire pour deux raisons : la première, parce qu'ils ne voulaient point faire connaître au vulgaire leurs mystères : la seconde, de peur que leurs élèves, ayant ces vers écrits, ne cultivassent moins leur mémoire : en effet il arrive presque toujours que, quand on a les choses écrites, on les apprend avec moins d'application. Une de leurs principales maximes était que l'ame ne meurt point, mais qu'à la mort elle passe d'un corps dans un autre; ce qu'ils croyaient très-utile pour encourager à la vertu, et pour mépriser la mort. Ils traitaient encore de plusieurs choses sur les astres et leur mouvement, la grandeur et le pouvoir des dieux immortels, et ils les enseignaient à la jeunesse.

Outre leurs fonctions de ministres de la religion, les Druides exerçaient la médecine : le dépôt des lois leur était confié, et leurs jugements en toutes matières étaient sans appel. La jeunesse accourait à eux en grand nombre pour écouter leurs discours dans les bois où ils tenaient leurs assemblées. Un auteur a dit qu'ils décidaient de la paix et de la guerre, et qu'ils avaient eu quelquefois le crédit d'arrêter des armées qui couraient au combat.

Les Druides avaient une hiérarchie dans laquelle on distinguait particulièrement les *Druides* proprement dits, les *Eubages* et les *Bardes;* les premiers étaient les prêtres; les seconds, les médecins; les troisièmes, les poètes.

La religion des Druides s'est conservée long temps dans les Gaules et dans la Grande-Bretagne; il paraît même, d'après la défense que fit l'empereur Auguste aux Romains d'en célébrer les mystères, qu'elle s'était introduite dans la capitale de l'empire. Tibère, craignant que l'exercice de cette religion ne contribuât à empêcher la fusion entre les Gaulois et les Romains, fit massacrer les Druides et détruire leurs bois.

Il existait aussi des *Druidesses.* Elles étaient au nombre de neuf, et, comme les Vestales, elles faisaient vœu de virginité. Elles prophétisaient, et se vantaient de connaître tous les secrets de la nature.

LES FRANCS.

Les Francs étaient originaires de la Germanie, et, avant leur émigration dans les Gaules, ils n'étaient connus que sous le nom de *Germains*. Quelques auteurs prétendent qu'ils descendaient de Gaulois qui avaient quitté leur pays pour aller en Germanie : ainsi ils n'auraient fait que rentrer dans leur patrie. Ce qui est certain c'est que des tribus qui habitaient la contrée située entre l'Océan, le Rhin, le Mein et l'Elbe, se réunirent, sous le nom de Francs, pour s'opposer aux Romains. Ils s'établirent dans les Gaules sous la conduite de Marcomir et de Pharamond, et s'emparèrent enfin, sous Clodion, du pays situé entre la Somme et Tournay. C'est donc au règne de ce prince qu'il faut faire remonter l'origine de la monarchie française.

Les Francs chassèrent de la Gaule les Romains et les divers autres peuples qui l'occupaient, et restèrent définitivement maîtres du pays auquel ils donnèrent leur nom.

Ces peuples combattaient avec l'épée et la lance ou framée, arme si acérée et si maniable qu'elle était également propre à attaquer de près ou de loin ; leur cavalerie n'avait que la lance et le bouclier. Chaque fantassin avait de plus un certain nombre de javelots, qu'il poussait à une distance incroyable. Ils portaient souvent un bouclier, rarement une cuirasse, et presque jamais de casque. Ils mêlaient pour combattre leur infanterie et leur cavalerie. Chez eux ce n'était point lâcheté, mais prudence, de reculer pour retourner à la charge. Même au fort de la mêlée ils emportaient leurs morts. Le comble de l'ignominie était d'abandonner son bouclier : celui qui l'avait fait était exclu des sacrifices et des assemblées. La vitesse avec laquelle ils fondaient sur l'ennemi égalait celle des traits qu'ils lançaient. Le grand nombre pouvait les accabler, mais non les étonner, et le courage était encore peint sur leurs traits même lorsqu'ils étaient couchés sur le champ de bataille.

Les Francs avaient les cheveux d'un blond ardent, les yeux bleus, le regard fier; ils étaient bien faits et d'une taille avantageuse. Le climat et la nature de leur pays les avaient accoutumés à supporter le froid et la faim, mais non la chaleur et la soif.

On ne connut guère le nom de *Français* que vers le xe siècle.

STATISTIQUE DE LA FRANCE.

La France, dans sa plus grande longueur, a une étendue de 225 lieues; sa largeur est de 206 Le développement de ses frontières de terre et de mer est de mille lieues. La surface embrassée par ces limites est de 27 mille lieues carrées ou de 5,340 myriamètres carrés. Au *nord*, la Manche et le Pas-de-Calais séparent la France de l'Angleterre; la Belgique et le Luxembourg; le grand-duché du Bas Rhin et le cercle du Rhin; à l'*est*, le grand-duché de Bade, la confédération Suisse et le royaume Sarde: au *sud*, la Méditerranée, l'Espagne et la république d'Andore; à l'*ouest*, l'Océan-Atlantique et la Manche.

La France actuelle se compose de tout ce que contenait ce pays avant la révolution de 1789, de quelques légers retranchements dans les départements du nord, de parties beaucoup plus étendues dans l'est, et du département de Vaucluse, autrement le comtat Venaissin, appartenant autrefois au pape.

Sur la surface de la France végètent encore 6,521 mille hectares de forêts; les plus importantes sont celles de St Germain, Villers-Cotterets, Fontainebleau, Orléans, des Ardennes, du Morvan, du Jura, des Cévennes, des Pyrénées. Les départements qu'ont formés les anciennes provinces de l'Ile de-France, la Champagne, l'Orléanais, le Berri, le Vivarais, l'Alsace, le Dauphiné, la Provence, et surtout la Lorraine, sont les plus riches sous ce rapport. La coupe annuelle de tous les bois de France est évaluée à 110 millions. 37 espèces d'arbres composent nos forêts, et 18 seulement servent à la marine et à la charpente.

On compte en France 240 sources d'eaux minérales de toutes espèces; les plus importantes sont celles de Barréges, Bagnères, Plombières, Vichy, Evaux, etc.

Les vins les plus en réputation sont: ceux de Bourgogne, sous les noms particuliers de *Clos-Vougeot*, *Chambertin*, *Nuits*, *Braune*, *Pomard*; ceux de Champagne, sous les noms d'*Ai*, *Sillery*; ceux de Bordeaux, sous la dénomination de *Laffite*, *Château-Margaux*, *Sauterne*; ceux des côtes du Rhône, sous les noms de *L'Hermitage*, *Côte-Rôtie*; ceux du midi, sous les noms de *Rivesaltes*, *Frontignan*, *Lunel*, etc.

Si la nature a refusé à la France l'or, l'argent, le

platine, en récompense elle lui a prodigué le cuivre, le fer, le plomb, la houille. Les contrées les plus favorisées sous ce rapport sont : le Berri, le Nivernais, le Quercy, le Languedoc, la Champagne, l'Alsace, les Vosges, la Franche-Comté, les Alpes, les Pyrénées, le Vivarais, le Dauphiné, le Périgord, qui produit peut-être le fer le plus parfait.

Les mines exploitées en ce moment dépassent 250; elles occupent 1,318 lieues carrées et plus de 30 mille personnes.

La population de la France est, d'après le dernier recensement, de 35,400,486 individus. Un tiers habite les villes; les deux autres tiers sont répandus dans les campagnes. On compte à peu près 450 habitants pour cent maisons dans les villes, et 520 au dehors. La moyenne annuelle des naissances est de 961,226, dont 495.555 garçons et 465.671 filles; ou par million d'habitants 31,213 naissances, 25,277 décès et 7,656 mariages. Si le nombre des naissances est moindre qu'autrefois, on a un plus grand soin des enfants, et, en définitive, la population s'accroît. La vie moyenne, qui était de 28 ans avant 1789, est maintenant de 32 ans.

9 vingtièmes du territoire sont en terres labourables, 1 vingtième en vignes, 1 huitième en prairies, 1 neuvième en forêts, 1 treizième en landes et bruyères. Certaines terres donnent 10 hectolitres pour 1 de semence, mais la plupart ne dépassent pas 5 ou 6. C'est le Nord qui produit le plus; la Dordogne, le moins. On évalue à 130 millions d'hectolitres de grains la production totale, et leur valeur à près de 2 milliards 600 millions.

Nous avons en animaux domestiques : chevaux, 2 millions 500 mille; bœufs, taureaux, vaches, génisses, veaux, 10 millions; ânes, 240 mille; porcs, 4 millions; moutons, 36 millions; volaille, 50 millions.

Les exportations s'élèvent, en moyenne, à 700 millions, et les importations à 600 millions. Le commerce extérieur de la France occupe 60 mille hommes et 8 mille vaisseaux, dont 3 mille environ appartiennent à notre pays.

Les colonies de la France sont : en Afrique, l'île Bourbon, le Sénégal, l'Algérie; en Asie, Chandernagor, Karical, Yanaon, Mahé, Pondichéry; en Amérique, les îles de la Guadeloupe et de la Martinique, la Guiane, et les îlots de St-Pierre et Miquelon à Terre-Neuve; dans l'Océanie, les îles Marquises, Othaïti, etc.

Avant 1789 la France était divisée en 33 provinces et 40 gouvernements militaires. Ces provinces étaient : *au nord*, la Normandie, la Picardie, l'Artois, la Flandre : *à l'orient*, la Lorraine, l'Alsace, la Franche-Comté, la Bourgogne, le Lyonnais, le Dauphiné ; *au midi*, la Provence, le Languedoc, le Roussillon, le comté de Foix, le Béarn ; *à l'occident*, la Guyenne, la Saintonge, l'Angoumois, le Poitou, l'Aunis. la Bretagne ; *au centre*, l'Anjou, le Maine, l'Orléanais, l'Ile-de-France, la Champagne, le Nivernais, le Bourbonnais, l'Auvergne, le Limousin, la Marche, le Berri, la Touraine. L'île de Corse formait le gouvernement de ce nom.

On comptait 13 parlements, 12 chambres des comptes, 5 cours des aides, 2 conseils supérieurs, 1 cour et 18 hôtels des monnaies, 180 élections, 53 juridictions, 54 présidiaux, 61 sénéchaussées, 130 baillages royaux, 16 départements des eaux et forêts, et une foule de juridictions royales et seigneuriales, 490 coutumes, souvent contradictoires, et presque autant de poids et mesures différents. L'instruction était donnée par 21 universités, 39 académies, 1 école militaire, 2 écoles de médecine, des écoles de droit, colléges, séminaires, etc. La France comptait 19 archevêchés, 119 évêchés, 40 mille paroisses, 1,913 abbayes, 12,400 prieurés, 14,777 couvents. Sa force militaire était de 200 mille hommes, sa marine considérable. Sa population était de 26 millions d'habitants.

La France est divisée aujourd'hui en 86 départements. Son gouvernement est républicain depuis 1848. L'administration générale se compose de plusieurs ministères chaque département, administré par un préfet, est subdivisé en sous-préfectures ou arrondissements, ceux-ci en cantons, et les cantons en communes. L'organisation judiciaire se compose de 1 cour de cassation et 1 cour des comptes, séantes à Paris; de 27 cours d'appel dont les chefs-lieux sont : Agen, Aix, Amiens, Angers, Bastia, Besançon, Bordeaux, Bourges, Caen, Colmar, Dijon, Douai, Grenoble, Limoges, Lyon, Metz, Montpellier, Nancy, Nîmes, Orléans, Paris, Pau, Poitiers, Rennes, Riom, Rouen et Toulouse ; de tribunaux de première instance, séants dans les chefs-lieux d'arrondissement ou de sous-préfecture ; de tribunaux de commerce, répartis dans les principales villes, et de justices de paix, établies dans chaque canton.

Nous avons vu plus haut que l'origine de la monarchie française remontait au moins à Clodion : à la mort de ce prince la France était sous la domination des Romains, des Francs, des Visigots, des Bourguignons et des Bretons; nous avons vu aussi comment les Francs restèrent maîtres de ce beau pays. Tant que la monarchie qui embrassait la Germanie et la Gaule subsista, tous les peuples depuis la source du Weser jusqu'à l'Océan et la Méditerranée portèrent le nom de Francs; mais, lorsque, en 843, sous Charles-le-Chauve, les deux pays furent séparés, le nom de *Francs* resta seul aux anciens Gaulois. Ce ne fut qu'au xe siècle que le nom de *François* prévalut. Le fond de la nation est resté composé de familles gauloises, et le caractère de ce peuple est devenu le type dominant : quoique les autres nations nous taxent de légèreté, cependant nous avons su, soit par nos victoires, soit par nos traités, conquérir, et mieux encore nous assimiler les peuples limitrophes, de manière à former la nation la plus compacte qui soit au monde.

Ainsi le Berri a été réuni à la France par achat sous Philippe Ier; la Normandie et la Touraine, par confiscation et conquête sous Philippe-Auguste; le Languedoc, par héritage sous Philippe-le-Hardi; la Champagne et le Lyonnais, par acquisition et mariage sous Philippe-le-Bel; le Dauphiné, par donation sous Philippe-de-Valois; le Poitou, l'Aunis, la Saintonge et le Limousin, par conquête sous Charles V; la Guyenne et une partie de la Gascogne, par conquête sous Charles VII; le Maine, l'Anjou, la Provence et la Bourgogne, par héritage sous Louis XI; la Marche, le Bourbonnais, l'Auvergne, par confiscation sous François Ier; la Bretagne, par mariage et traité sous le même; le Béarn, le comté de Foix et une partie de la Gascogne, par l'avénement de Henri IV au trône; l'Alsace et l'Artois, par conquête sous Louis XIII; le Nivernais, par l'extinction du système féodal sous Louis XIV; la Flandre, la Franche-Comté, le Roussillon, par conquête du même; la Lorraine et la Corse, par cession et traité sous Louis XV. Le domaine de la couronne ne se composait originairement que de la Picardie, de l'Ile-de-France et de l'Orléanais.

Dans cette vaste enceinte, si favorisée de la nature, se trouvent rassemblés, sous une des températures les plus douces et sur un des sols les plus riches du monde, un nombre immense d'habitants d'une conception vive, d'une imagination ardente, habiles à la guerre, industrieux dans la paix, possédant tous les arts, cultivant toutes les sciences, dans une position géographique telle que Frédéric-le Grand disait : « Si j'étais roi de France, je ne voudrais pas qu'il se tirât un seul coup de canon en Europe sans ma permission ».

Le celtique fut le premier idiome des Gaulois. Ceux-ci ayant passé sous la domination des Francs, chacun de ces peuples chercha à faire prédominer sa langue. Les diverses nations qui pénétrèrent dans notre pays en furent chassées, mais n'en laissèrent pas moins une foule de mots alains, arabes, goths, anglais. La langue française, d'après Voltaire, ne commença à prendre quelque forme que vers le xe siècle; elle naquit des ruines du latin et du celte mêlés de quelques mots tudesques. Ce langage était d'abord le *romain rustique*, et la langue tudesque fut la langue de la cour jusqu'au temps de Charles-le-Chauve Le tudesque demeura la langue de l'Allemagne après le partage. A la fin du xe siècle le français se forma.... Les mots *tête*, *jambe*, *sabre*, *pointe*, *aller*, *parler*, *regarder*, *aboyer*, *crier*, sont de l'ancien gaulois ou celte; les mots *marche*, *halte*, *maréchal*, *bivouac*, *reître*, *lansquenet*, et la plupart des termes de guerre étaient allemands. Presque tout le reste est latin : de *palatium* on a fait palais; de *lupus*, loup; d'*augustum*, août; de *junctus*, joint; de *purpura*, pourpre; de *pretium*, prix. Vers le xvie siècle on introduisit une foule de mots grecs pour exprimer les remèdes et les maladies : de là les mots *cardiaque*, *céphalique*, *podagre*, etc. Sous Charles VIII elle emprunta à l'Italie. Mais la langue française doit surtout à François Ier, qui abolit l'usage, qui avait prévalu jusqu'à lui, de *plaider*, de *juger*, de *contracter* en latin babare. Quoi qu'il en soit, la langue resta abondante, naïve mais triviale, jusqu'à Montaigne, qui lui fit faire un pas. Elle devint plus noble et plus harmonieuse par l'établissement de l'académie Française sous Louis XIII, et acquit enfin, dans le siècle de Louis XIV, la perfection où elle pouvait être portée dans tous les genres. Les bons auteurs du xviie et du xviiie siècle serviront toujours de modèles.

DESCRIPTION

DES PRINCIPALES VILLES DE FRANCE.

VUE GÉNÉRALE DE PARIS.

Paris (*Lutetia*) est une des villes les plus grandes, les plus industrieuses, les plus commerçantes et les plus riches du monde. Sa situation sur les deux rives de la Seine la rend très-agréable, y facilite l'arrivée des denrées toute espèce, contribue à son immense commerce, et y entretient la salubrité, trésor précieux dans une ville qui contient près d'un million d'habitants, et qui en verra doubler le nombre lorsque le vaste réseau des chemins de fer projetés sera complétement exécuté. Les deux rives de la Seine sont unies par une multitude de ponts de pierre, de fer, ou suspendus, dont plusieurs sont magnifiques.

Par le nombre et la beauté de ses édifices, la hauteur de ses institutions, la sagesse de son gouvernement, l'abondance qui y règne, l'éclat de ses spectacles et de ses fêtes, et les plaisirs sans cesse renaissants, et qui attirent de tous les points de l'univers une affluence constamment renouvelée, Paris l'emporte sur toutes les villes du monde.

C'est de l'an 358 à 360 de J.-C. que la capitale de la France paraît avoir échangé son ancien nom de Lutèce (*Lutetia*, de *lutum*, boue) pour celui de *Paris*, du nom des Parisiens, peuples qui habitaient la province. Le mot de *Parisii* semble venir du vieux mot *par* ou *bar*, qui signifiait *frontière*. Or le territoire des Parisiens était une frontière qui séparait les *Senones* et les *Carnutes* des *Silvanectes*, la Gaule celtique de la Gaule belgique. Il paraît que la nation des *Parisii* s'est formée d'étrangers probablement originaires de la Belgique, et qui, fuyant leur patrie, étaient venus demander aux *Senones* la permission de s'établir près d'eux. Quand César vint dans les Gaules, il y avait à peu près un siècle que cette émigration avait eu lieu, et les vieillards de la nation parisienne en conservaient encore la mémoire. Lorsque l'on considère la grandeur, les richesses et le nombre des habitants de cette ville, l'esprit se retrace avec plaisir le temps où, enfermée dans une seule île, elle n'avait pour elle que les avantages de la situation. Ce furent en effet ces avantages qui la firent préférer aux autres villes des Gaules par César et par ceux des Romains qui y vinrent ensuite. Ses maisons, bâties de bois et de terre, étaient basses, rondes et mal construites; son enceinte ne s'étendait point au-delà de la Cité, et la ville était enfermée entre les deux bras de la Seine. La première clôture de Paris eut lieu sous Jules-César, l'an 44 avant J.-C.; elle enfermait alors 15 hectares; la seconde, sous Julien, l'an 358 de J.-C.; son étendue était de 38 hectares; la troisième, sous Philippe-Auguste, en 1190, 251 hectares; la quatrième, sous Charles V.

en 1365, 436 hectares; la cinquième, sous Henri II, en 1553, 680 hectares; la sixième, sous Louis XIII, en 1633, 864 hectares; la septième, en 1671, sous Louis XIV, 1,097 hectares; la huitième, sous Louis XV, en 1717, 1,312 hectares: la neuvième, sous Louis XVI, en 1788, 3,369 hectares; enfin le mur d'enceinte des fortifications occupe aujourd'hui un espace de plus de quinze lieues.

La longueur de Paris, de la barrière Fontarabie à celle de Passy, est de 7,809 mètres, un peu moins de deux lieues de poste.

L'accroissement de Paris fut lent et progressif. Sa population était, en 1313, de 130 mille habitants; en 1474, de 150 mille; en 1590, de 220 mille; en 1688, de 438 mille; en 1789, de 600 mille; en 1832, de 899 mille; en 1846, de 1,053,897 si l'on compte la population totale, et 945,721 seulement pour la population agglomérée.

Ainsi que nous l'avons dit plus haut, les deux rives de la Seine sont unies par un grand nombre de ponts; voici les principaux : le pont *des Arts* va de l'Institut au Louvre; les arches, de fer, sont montées sur des piles de pierre; le tablier est de bois, et la balustrade de fer. Le passage en est interdit aux chevaux et aux voitures. Il fut terminé en 1804. En été ce pont, garni quelquefois de deux rangées de fleurs, présente l'aspect de la plus agréable allée de jardin. — Le pont *Royal*, ou des Tuileries, fait face à la rue du Bac d'un côté, et aux Tuileries de l'autre. Bâti sous Louis XIV, ce pont offre les plus grandes beautés dans les cinq arches qui le forment. A l'une des piles de ce pont est une échelle divisée en centimètres, destinée à indiquer la hauteur des eaux aux diverses époques. — Le pont de *la Révolution*, construit par l'architecte Peyronnet, fut érigé de 1787 à 1790. Des piles très-légères soutiennent les cinq arches de ce beau pont, qui est orné d'une charmante balustrade, et dont la hardiesse égale l'élégance. — Le pont *des Invalides*, établi en 1829, en face de l'allée d'Antin, est suspendu par d'énormes chaînes de fer, avec deux piles surmontées de deux arcades servant de passage. Il communique aux Champs-Elysées. — Le pont *d'Iéna*, ou *de l'Ecole-Militaire*, construit en pierre de 1806 à 1813, est un des plus gracieux de Paris. Ce pont, dont le nom rappelle un de nos plus beaux faits militaires, fut menacé de destruction par les généraux prussiens en 1815. Louis XVIII déclara que, si cette menace était mise à exécution, il se placerait au milieu, et sauterait avec lui. Cet acte de patriotisme sauva le magnifique monument. — Le pont *Neuf*, le plus passant de tous ceux établis sur la Seine, est celui dont Mercier disait : « Il y a toujours sur ce pont un abbé, un militaire et une fille ». Il est situé à l'extrémité de la rue Dauphine. Commencé sous Henri III, en 1578, il ne fut terminé qu'en 1604, sous Henri IV. Il est formé de 12 arches, a 288 mètres de longueur et 18 de largeur. La statue d'Henri IV est placée au milieu. — Le pont *au Change* unit la rue de la Barillerie à la place du Chatelet; il fut terminé en 1647. — Le pont *Notre-Dame* fut achevé en 1512. Sur ce pont est placée une machine hydraulique fort curieuse destinée à élever les eaux de la Seine. — Le pont *Marie*, situé quai des Ormes, 1635. — Le pont *St-Michel*, situé à l'extrémité de la rue de la Barillerie, 1618. — *Le Petit-Pont*, à côté de l'Hôtel-Dieu — Le pont *de l'Archevêché*, à la pointe des jardins de ce palais, dans la Cité. — Le pont *d'Arcole*, pont suspendu. — Le pont *du Carrousel*, 1836. — Le pont *de la Tournelle*, 1556. — Le pont *de la Cité*. Achevé en 1803, ce pont joint la Cité à l'île Saint-Louis. Les piles et les culées sont de pierre; le cintre est de fer. — La communication entre le jardin des Plantes et le boulevard Bourdon se fait par le pont *d'Austerlitz*, moitié en pierre, moitié en fer. Il fut terminé en 1807. — Le pont suspendu placé à la pointe ouest de l'île Saint-Louis a reçu le nom de *Louis-Philippe*, sous le règne duquel il a été construit.

Le zéro du pont de la Tournelle, placé au niveau des basses eaux de 1719, est à peu près à 24 mètres 50 centimètres au-dessus de la mer.

Pour en terminer avec la Seine, ajoutons que ses eaux sont salubres, et ont des propriétés avantageuses pour le blanchissage et la teinture.

Places. — Au nombre des belles places de Paris, qui d'ailleurs sont en petit nombre, se fait remarquer la place de *la Révolution*, la plus magnifique qui existe dans le monde entier. Elle est placée entre le jardin des Tuileries et les Champs-Elysées, traversés eux-mêmes par l'avenue de Neuilly, dont la perspective est ornée de l'arc de triomphe de l'Étoile Sa forme est un octogone irrégulier Aux angles sont huit pavillons semblables. Elle est entourée de toutes parts, excepté au nord et au midi, de fossés revêtus de maçonnerie et bordés de balustrades de pierre. Au nord se trouve le Garde-Meuble; au midi, la chambre des députés, le pont de la Concorde; à l'orient, le jardin des Tuileries; à l'occident, les Champs-Elysées. Les fossés sont plantés en jardins. La place est entourée de colonnes en fonte surmontées de globes dorés supportant des lanternes. Le long des bords des trottoirs on voit quarante candélabres en fer au bas desquels sont des robinets donnant l'eau nécessaire à l'arrosage. Les huit pavillons sont surmontés de statues assises représentant les villes principales de France : Lille, Strasbourg, Bordeaux, Nantes, Marseille, Brest, Rouen et Lyon. Au milieu de la place s'élève l'obélisque de Luxor, présent de l'Egypte, qui est anté-

rieure à l'ère chrétienne, colonne de 24 mètres de hauteur d'un seul bloc de granit, érigée sur un piédestal aussi de granit de 4 mètres sur 1 mètre 66 centimètres. Des deux côtés sont deux magnifiques fontaines, dont les bassins, circulaires, de 27 mètres de diamètre, contiennent eux-mêmes deux autres bassins. Le bassin maritime est supporté par deux statues représentant l'Océan et la Méditerranée; le bassin fluvial, par le Rhin et le Rhône. Chaque fontaine se compose d'un grand bassin de 15 mètres de diamètre : au milieu on voit une vasque à l'ombre de laquelle semblent assises six figures adossées au piédestal. Cette première vasque est surmontée d'une autre plus petite, dont trois enfants entourent le pied. Sur les bords du bassin sont des divinités maritimes qui pressent dans leurs bras des poissons rejetant l'eau. De cette place on découvre l'arc de triomphe de l'Etoile, la Madeleine, le pont de la Révolution, le riche portique de la chambre des députés. C'est sur cette place que Louis XVI, Marie-Antoinette, madame Elisabeth et nombre d'autres infortunés perdirent la vie.

La place du *Carrousel* tire son nom d'une espèce de tournoi qu'y donna Louis XIV. Avant lui elle formait le jardin des Tuileries, dont elle occupe une des faces; elle est ornée d'un arc de triomphe, élevé, en 1806, à la gloire des armées françaises.

La place *Vendôme* est située entre les rues de la Paix et St-Honoré. Elle est octogone et entourée de maisons qui sont autant de palais. A la place qu'occupait avant la révolution la statue de Louis XIV, Napoléon érigea une colonne en l'honneur des faits héroïques de la Grande-Armée, en 1805. Ce beau monument, surmonté, depuis 1833, de la statue de l'empereur, est revêtu du bronze de 1,200 canons pris sur l'ennemi. Il a 43 mètres de hauteur et 4 de diamètre. On a pratiqué dans l'intérieur un escalier à vis de 176 marches. Les sujets, au nombre de 276, sculptés en bas-relief, représentent les actions les plus mémorables depuis la levée du camp de Boulogne jusqu'à la bataille d'Austerlitz. La statue de Napoléon qui couronne l'édifice pèse 3 mille kilogrammes.

La place *de la Bastille*, située sur l'emplacement de l'ancienne prison de ce nom, détruite par le peuple en 1789, a pour ornement la colonne de Juillet, érigée en mémoire des citoyens morts, les 27, 28 et 29 juillet 1830, pour la défense des lois. Cette colonne, surmontée d'une statue de la Liberté, ne le cède à la colonne de la place Vendôme ni en élégance ni en grandeur.

La place *Desaix* ou *Dauphine*, en face du Pont-Neuf, a été bâtie par Henri IV; elle est de forme triangulaire, et est ornée d'une fontaine érigée à la mémoire du général Desaix, tué à Marengo.

La place *des Victoires*, située à l'extrémité des rues Croix-des-Petits-Champs et des Fossés-Montmartre, fut construite, en 1686, par l'architecte Mansard, aux frais du maréchal Lafeuillade; elle est fort belle, et ornée de la statue équestre de Louis XIV.

La place *Royale*, située entre le Marais et la rue St-Antoine, est carrée; elle est plantée de deux rangées d'arbres, et fermée d'une grille de fer. Au milieu est la statue équestre de Louis XIII. Elle a été bâtie par Henri IV sur l'emplacement du palais des Tournelles qu'avaient habité Charles VII, Louis XII, Henri II et Catherine de Médicis.

PALAIS ET JARDIN DES TUILERIES.

Palais. — Parmi les nombreux palais que renferme la capitale de la France on distingue le palais des Tuileries, ancienne demeure des rois. Il fut commencé, en 1564, par Catherine de Médicis, sur un terrain occupé jadis par une tuilerie, et, en 1519, par un château appartenant à la mère de François Ier. Les premiers architectes furent Philibert Delorme et Jean Bullan. Henri IV, Louis XIII, Louis XIV et Louis-Philippe ont continué les travaux de ce riche palais, dans lequel on remarque la salle des

Maréchaux, plusieurs magnifiques salons, la salle du Trône, le théâtre de la cour, la chapelle. Au couchant est le jardin chef-d'œuvre de Le Nôtre, orné de belles et nombreuses statues et de quatre pièces d'eau dans lesquelles se jouent des cygnes

A l'orient de ce palais le *Louvre* occupe l'emplacement d'une maison de chasse de Dagobert. François Ier jeta les fondements du Vieux-Louvre, qui, au sud-ouest, fait partie du palais actuel. Il fut continué par Henri II, Charles IX, Henri III, Henri IV. Sa magnifique colonnade fut exécutée, sous Louis XIV, sur les dessins de Claude Perrault. Louis XV continua les travaux. Enfin Napoléon n'en a laissé à terminer qu'une légère partie. Le *Louvre*, qui est réuni aux Tuileries par une riche galerie de 529 mètres de longueur, le long de la Seine, est le plus beau palais du monde. L'orangerie est au rez de chaussée; le musée des tableaux, à l'étage supérieur.

Le *Palais-National*, construit, de 1629 à 1636, par le cardinal Richelieu, prit d'abord le nom de Palais-Cardinal. Richelieu, en mourant, en fit don à Louis XIII, en 1642. Après la mort de ce prince, sa veuve Anne d'Autriche vint l'habiter avec ses deux enfants Louis XIV et le duc d'Anjou : il prit alors le nom de *Palais-Royal*. Louis XIV le céda à Philippe d'Orléans, son frère, et, depuis cette époque, il a été l'habitation de cette famille. Pendant la révolution on l'appela *Palais-Egalité*, et ce fut dans le jardin situé dans son intérieur que se réunirent les plus violents démocrates. Ce jardin est orné de vastes galeries sous lesquelles sont de riches magasins sans cesse visités par une foule d'étrangers. Au milieu est une belle pièce d'eau entourée de fleurs et de gazon. Les arcades forment un contour de plus d'un kilomètre.

Le palais du *Luxembourg*, où siégeait naguères la chambre des pairs (sous l'empire le sénat conservateur), fut commencé, en 1615, par Marie de Médicis. Il est construit devant un magnifique jardin, qui le dispute à celui des Tuileries : on y voit un vaste bassin, et des statues dont plusieurs ne sont pas sans mérite.

Le palais de l'*Assemblée nationale*, qui vient d'être agrandi, occupe une partie du palais Bourbon. Le péristyle du côté du pont de la Concorde, orné de douze colonnes et d'un fronton, a été érigé en 1807.

Le palais de *Justice*, dans la Cité, jadis le séjour des

rois, est aujourd'hui le siége des diverses cours de justice. On ignore absolument l'époque de sa fondation; on sait seulement qu'il fut rebâti, vers l'an 1000, par le roi Robert, augmenté par St Louis et ses successeurs. Il fut incendié en partie en 1776 Le bâtiment neuf a été construit sous le règne de Louis XVI. La grille du palais a 20 mètres de développement. Il existe encore, sur le quai de l'Horloge, trois tourelles de l'ancien palais des rois.

A l'extrémité de la rue Vivienne, sur la place qui porte le nom du somptueux monument qui la décore, a été bâti le beau palais de *la Bourse* et du tribunal de commerce, terminé, en 1827, d'après les dessins de M. Brongniard, par M. Labarre. Cet édifice, dont la longueur est de 72 mètres 66 centimètres de long sur 42 de largeur, est entouré de 66 colonnes corinthiennes. Il est remarquable par sa disposition, le caractère de son architecture et le luxe de sa construction.

L'*Elysée* est un vaste hôtel touchant aux Champs-Elysées, construit, en 1718, par le comte d'Evreux. Il a été habité par la marquise de Pompadour; depuis 1830 il était destiné à l'habitation de la reine en cas de veuvage; il est aujourd'hui habité par le président de la République.

Le palais de *l'Institut*, en face du pont des Arts, fut élevé par le cardinal Mazarin, en 1662, pour recevoir le collége Mazarin ou des Quatre-Nations. Son dôme peu élevé et sa façade en forme de demi-cercle, accompagnée de deux fontaines, produisent un effet pittoresque.

Le palais des *Beaux-Arts*, rue des Petits-Augustins, a une cour magnifique dont l'un des côtés est l'une des façades du château de Gaillon, bâti par le cardinal d'Amboise. C'est dans ce palais qu'ont lieu les cours des professeurs de peinture, de sculpture, d'architecture, etc.

Le plus bel ornement de la rue de Lille est le palais de *la Légion-d'Honneur*, dont l'entrée principale présente un arc de triomphe décoré de colonnes ioniques.

Le palais *archiépiscopal* est près de l'église Notre-Dame, dans l'île de ce nom.

Edifices. — Parmi les édifices qui ne sont pas regardés comme palais on trouve *le Panthéon*, commencé, en 1757, sur les dessins de Soufflot, et dédié à Ste. Geneviève, patronne de Paris. Le 4 avril 1791 il reçut le nom de *Panthéon*, qu'il a conservé depuis, et fut destiné à recevoir

les cendres des grands hommes Il redevint église en 1822, et fut rendu à sa destination définitive en 1830, époque où l'on rétablit l'inscription « AUX GRANDS HOMMES LA PATRIE RECONNAISSANTE » au-dessous du fronton du péristyle. Les cendres de Voltaire, de J.-J. Rousseau et de Mirabeau furent les premières qu'on y déposa. Ce qu'il y a de plus remarquable dans le Panthéon c'est la double coupole du dôme.

Sur la place de la Concorde sont deux bâtiments symétriques ornés, au premier étage, d'une riche colonnade d'ordre corinthien. L'un est le *Garde-Meuble*; l'autre, l'hôtel de la *Marine*. Ils sont séparés l'un de l'autre par la rue Nationale.

Si de la place de la Concorde vous vous dirigez vers la rue de Rivoli, vous avez quelque peine à distinguer le *Ministère des finances* des autres hôtels de ce magnifique quartier. Mais la distribution et l'ameublement ont été dirigés avec le goût le plus parfait. Il en est de même de l'hôtel *de la Chancellerie de France* sur la place Vendôme.

L'*Hôtel-de-Ville*, place de Grève, fut commencé sous François Ier, et achevé seulement en 1845. On y remarque

horloge, chef-d'œuvre de Le Pautre; au fond de la cour, la statue édestre, en bronze, de Louis XIV, vêtu à l'antique et couvert de la perruque de son temps. Dans une des salles on voit les statues d'Henri IV à pied et à cheval. La façade de l'édifice, nouvellement restaurée, forme un immense quadrangle, et les quatre faces sont d'une architecture semblable. La principale, composée de quatre campanilles et de quatre corps de logis intermédiaires, présente vingt-cinq croisées de face et trois grandes entrées avec la statue d'Henri IV au milieu. Cet hôtel est le siége de la préfecture de la Seine.

L'*hôtel des Monnaies*, sur le quai de ce nom, a une façade de 120 mètres de largeur sur 26 de hauteur. A l'extérieur on remarque la Paix, le Commerce, la Prudence, la Loi, la Force et l'Abondance.

L'*Observatoire* fut commencé sous Louis XIV, en 1668, et terminé en 1671, sur les dessins de Perrault. Il est de forme rectangulaire, et ses quatre faces répondent aux quatre points cardinaux. La partie qui regarde le midi est ornée de deux tours. Le fer et le bois ne sont point entrés dans la construction de ce bâtiment, et les étages et le comble en sont voûtés. Appelé d'Italie par Louis XIV, le célèbre Cassini fut le premier astronome qui s'y établit : il le rendit célèbre par ses belles découvertes.

L'hôtel des *Invalides* est un autre chef-d'œuvre d'architecture. Il fut commencé, en 1671, sous Louis XIV, d'après les dessins de Bruant, et terminé, en 1706, par Mansard, à qui l'on doit le dôme brillant qui distingue cet édifice parmi tous ceux du même genre à Paris. Une vaste esplanade plantée d'arbres, une belle grille, une cour entourée de fossés où sont plantées des pièces de canon, lui donnent une mâle apparence. L'église est fort belle.

L'école Militaire, située non loin des Invalides, fut commencée, en 1752, sous Louis XV, et destinée à l'éducation de 1,500 enfants nobles et pauvres. Ce bel édifice dont une des façades regarde la place de Fontenoy, et l'autre le Champ-de-Mars, sert aujourd'hui de caserne.

Le bâtiment du quai d'Orsay est du style de la renaissance. Du côté de la rivière on voit une longue ligne de fenêtres formées par des arcs sous des colonnes d'ordre toscan. Cet édifice a une vaste cour entourée de quatre magnifiques ailes et deux autres cours plus petites. Il est occupé en partie par le conseil d'Etat. La salle du Trône surtout mérite d'être remarquée.

Arcs de triomphe. — L'arc de triomphe du Carrousel est composé de trois arcades ornées de 8 colonnes corinthiennes. Chaque colonne porte la statue d'un militaire de diverses armes. Un superbe char à quatre chevaux guidé par la Paix surmonte l'attique.

L'arc de triomphe *de l'Etoile* peut passer pour un des plus beaux monuments de la capitale. Il termine du côté du couchant la grande avenue des Champs-Elysées. Commencé en 1806, et élevé en l'honneur de Napoléon, il a 44 mètres de hauteur, 45 de largeur et 15 d'épaisseur

Les principaux bas-reliefs représentent, du côté de Paris, la bataille d'Aboukir, les funérailles de Marceau ; du côté de Passy, la bataille de Jemmapes ; du côte de Neuilly, la prise d'Alexandrie, le passage du pont d'Arcole ; du côté du nord, la bataille d'Austerlitz.

La *porte Saint-Denis* fut construite par la ville, en 1672, à la gloire de Louis XIV, à l'occasion du passage du Rhin. Les deux faces de cet arc présentent deux obélisques décorés de trophées. Au pied de chacune des faces est une figure colossale assise : la Hollande, sous les traits d'une femme ; le Rhin, sous ceux d'un homme. Au-dessus de l'arcade un bas-relief représente Louis à cheval présidant au passage du Rhin.

La *porte Saint-Martin*, construite aussi par la ville, en 1674, pour célébrer la gloire du grand roi, est percée de trois arcades. Des deux côtés du grand arc sont deux bas-reliefs, dont l'un représente le traité de la triple alliance, et l'autre la prise de Limbourg et la défaite des Allemands

EGLISES. — Elles sont nombreuses à Paris. L'église de *l'Assomption*, paroisse du 1er arrondissement, a été fondée par le cardinal de La Rochefoucaut, en 1770. Son portail est élevé sur un perron, et orné de huit colonnes corinthiennes isolées et d'un fronton. L'intérieur est circulaire. Des pilastres corinthiens soutiennent la corniche qui règne au pourtour.

Saint-Louis, une des succursales, bâti en 1780. Il est d'une architecture simple mais sévère.

Saint-Philippe-du-Roule, seconde succursale, fut construit en 1784. Son portique, de quatre colonnes doriques surmontées d'un fronton triangulaire, est orné d'un bas-relief représentant la Religion et ses attributs.

St-Roch, 2e arrondissement, a un portail composé de deux ordres d'architecture dorique et corinthien. On remarque la chaire à prêcher et la magnifique chapelle de la Vierge.

Saint-Eustache, 3e arrondissement, a été bâti par Mansard en 1642. Son portique, au-dessus duquel s'élève un fronton triangulaire, est composé de dix colonnes doriques. La hauteur des voûtes et la légèreté des piliers sont dignes de remarque.

Notre-Dame-des-Victoires, succursale de St-Eustache, bâtie en 1656, est remarquable par la simplicité élégante de son intérieur Le portail est composé des ordres ionique et corinthien.

St-Germain-l'Auxerrois, 4e arrondissement, est un monument gothique du plus haut mérite. Des travaux admirables de restauration viennent d'y être exécutés par des artistes habiles, qui ont su se conformer parfaitement au style de l'époque, et attirent les regards des hommes de goût.

Notre-Dame-de-Lorette, charmante église qui ressemble plutôt à un riche salon qu'à un lieu de prière, est toute resplendissante de l'éclat de la peinture, de la dorure et de la sculpture; mais nous doutons qu'elle puisse inspirer le recueillement et la paix de l'ame que le chrétien va chercher aux pieds des autels.

St-Laurent, 5e arrondissement, qui date de 1429 et de 1475, édifice froid mais régulier, qui possède quelques tableaux de mérite.

Les églises de *St-Nicolas-des-Champs*, *St-Méry* et *Sainte-Marguerite*, 6e, 7e et 8e arrondissements, n'offrent rien de remarquable.

La plus grande église de Paris est la cathédrale ou l'église métropolitaine de *Notre-Dame*, située dans la Cité. Quelques auteurs ont pensé que sur son emplacement avait existé un temple dédié à Jupiter. Quoi qu'il en soit, commencée sous Robert, vers 1010, elle ne fut terminée complétement qu'en 1257 Elle est bâtie en forme de croix latine. Sa longueur est de 138 mètres; sa largeur, de 50; sa hauteur, de 35. Deux grosses tours carrées, de 66 mètres d'élévation, auxquelles on monte par 239 marches, renferment les cloches, dont une, nommée le gros bourdon, pèse 16 mille kilogrammes. La façade principale offre un bel effet d'architecture gothique. Au-dessus de la rose est une galerie soutenue par des colonnes d'une grande légèreté. L'intérieur renferme 45 chapelles; il reçoit la lumière par un grand nombre de vitraux. Le trésor et la sacristie sont à droite du chœur, et ont été ajoutés en 1758. Ce monument est précieux pour l'art.

St-Thomas-d'Aquin, 10e arrondissement, possède un

plafond représentant *la transfiguration*, ouvrage du célèbre Lemoyne Cette église fut terminée en 1710.

St-Sulpice, 11e arrondissement, est un monument moderne remarquable. Dans une chapelle, par un effet de jour habilement ménagé d'en haut, la statue de la Vierge, portée sur des nuages, en marbre blanc, paraît descendre du ciel, et produit une illusion complète Les deux bénitiers qu'on voit dans cette église sont deux coquilles monstrueuses offertes à François Ier par les Vénitiens.

St-Etienne-du-Mont, 12e arrondissement, reconstruit par François Ier en 1517, a une voûte soutenue par des piliers sans chapiteaux, partagés par une galerie. On admire le jubé de cette église, où se déploient la légèreté et la bizarrerie de l'architecture sarrasine. La châsse de sainte Geneviève, patronne de Paris, est déposée derrière le maître-autel.

On peut encore citer l'église de l'hôpital militaire du Val-de-Grâce, dont la coupole a été peinte par Mignard; l'église de la Salpétrière avec son dôme octogone; la *Sainte-Chapelle*, près le palais de justice, bâtie par saint Louis en 1140. Cette église est chargée de rosaces, pyramides et ornements de toute espèce.

Paris possède 12 églises paroissiales et 27 succursales; 4 séminaires, ceux de Saint-Sulpice, des Missions-Etrangères, du Saint-Esprit et de Saint-Nicolas, le collége catholique des Irlandais, Anglais, Ecossais réunis; un temple de la confession d'Ausbourg; deux de calvinistes; un consistoire central du culte israélite, et une élégante synagogue consistoriale, rue Notre-Dame-de-Nazareth.

La Madeleine, un des plus beaux temples du monde, fut commencée, en 1764, par Constant d'Ivry, et était assez avancée en 1790 lorsque la révolution fit suspendre les travaux. En 1806 il fut décidé que l'église de la Madeleine serait démolie, et convertie en un temple de la Gloire, où seraient inscrits les noms de tous les héros morts pour la défense de la patrie. La restauration rendit ce monument à sa destination première. Le plan est de l'architecte Vignon.

Il est difficile d'entrer dans ce magnifique édifice sans se sentir saisi d'une vive admiration pour le génie de l'homme qui a pu concevoir et exécuter un pareil chef-d'œuvre: mais, au point de vue religieux, ce monument, imité des temples païens, inspire-t-il ce recueillement, ce retour sur soi-même qu'on éprouve en entrant dans Notre-Dame, dans St-Germain-l'Auxerrois, dans ces églises gothiques élevées par la piété de nos pères? Hélas! non, ce n'est pas la foi qui a inspiré *la Madeleine!*

Barrières. — Elles sont au nombre de 59. Elles sont placées à l'extrémité des faubourgs, et servent à la perception de l'octroi. Plusieurs se distinguent par leur architecture. Dans ce nombre sont : la barrière *Blanche*, à l'extrémité de la chaussée d'Antin, dont le bâtiment au rez de chaussée a trois arcades; de *Charenton*, au bout de la rue de ce nom : ce sont deux bâtiments ornés de deux péristyles et de six colonnes; — de Clichy, au bout de cette rue, deux péristyles de six colonnes au bâtiment; — du Combat, à l'extrémité de la rue de l'hôpital St-Louis : un dôme couronne un pavillon; — *d'Enfer*, au bout de cette rue, deux pavillons; — *des Martyrs*, à l'extrémité de la rue du Faubourg-Montmartre : le bâtiment est cintré et soutenu par des pilastres; — de *Montmartre*, à la fin de la rue Pigale : le bâtiment, à quatre façades, est décoré de colonnes et massifs vermiculés; — *de l'Etoile*, au bout des Champs-Elysées : le pourtour des deux bâtiments est orné d'une corniche et de quatre frontons; — de *Passy*, ornée de deux statues représentant la Bretagne et la Normandie, et près de laquelle s'élève un édifice décoré de douze colonnes et de quatre frontons; —*de St-Denis*, dont le bâtiment, à quatre façades, est orné d'un attique et d'un couronnement; — *de St-Martin*, dont le propylée, en face de La Villette, produit un bel effet par l'ordonnance de ses quatre péristyles en saillie; — celle du *Trône*, qui offre aux regards deux colonnes doriques de 25 mètres de hauteur. Les façades sont terminées par un couronnement circulaire.

Cimetières. — Les cimetières de Paris sont au nombre de trois : celui de *Montmartre*, situé au nord, est comme une vallée semée de monticules ombragés d'acacias, de saules pleureurs et de cyprès. Là reposent Legouvé, St-Lambert, etc.; — celui du *Mont-Parnasse*, dans la plaine de Montrouge : il est divisé par de grandes allées bien plantées; — et celui du *Père-Lachaise*, à l'extrémité de la rue de La Roquette : c'est un magnifique jardin couvert de colonnes, de statues et de verdure, monuments de vanité plus que de regrets : on y remarque le tombeau d'Héloïse et d'Abeilard; ceux de Molière, Lafontaine, Delille, Chénier, des maréchaux Masséna, Lefebvre, Davoust, etc.

Nous ne terminerons pas cet article sans parler des *Catacombes*, immense étendue de carrières creusées sous la rive gauche de la Seine, surtout du côté de la rue St-Jacques, et où l'on a déposé les ossements recueillis dans les anciens cimetières qui jadis existaient dans l'enceinte de la capitale. Trente ou quarante générations reposent dans ces vastes souterrains, et le nombre de leurs habitants est égal au moins à huit fois le nombre de ceux qui vivent sur leurs têtes. Les voûtes des galeries, parfaitement consolidées, sont soutenues par des piliers entre lesquels ces ossemenfs sont disposés avec ordre et symétrie. La corniche de ces murailles est formée de trois cordons de têtes. A quel cimetière ont appartenu tous ces débris, de quelle église ont-ils été soustraits? c'est ce qu'indiquent des inscriptions. On descend dans les Catacombes par un escalier de 77 marches et de 17 mètres de profondeur. On y pénètre par trois entrées : la première, au pavillon du couchant de la barrière d'Enfer; la seconde, à la Tombe-Isoire; la troisième, dans la plaine de Mont-Souris. Les Catacombes réunissent encore des échantillons de toutes les substances minéralogiques qui composent le sol des carrières.

Colléges. — *Collége de France*, place Cambrai, où on enseigne les sciences en dehors de l'instruction donnée par l'université. — *Louis-le-Grand*, rue St-Jacques, rebâti en 1828. — *St-Louis*, rue de la Harpe, fondé par le chanoine Raoul d'Harcourt, et rebâti en 1814 : on distingue sa chapelle. — *Charlemagne*, rue St-Antoine. — *Bourbon*, rue Notre-Dame-des-Champs. — *Rollin*, rue des Postes.

Écoles. — Quatre écoles sont destinées à l'enseignement des hautes sciences : l'*école de Médecine*, rue du même nom, construite en 1769. La façade sur la rue est décorée d'un péristyle d'ordre ionique à quatre rangs de colonnes; au milieu du péristyle, un bas-relief de 10 mètres de longueur représente le génie de la France accompagné de quelques autres divinités allégoriques se donnant la main sur un autel. — L'*école de Droit*, place Ste-Geneviève. La façade qui regarde le Panthéon est décorée de quatre colonnes ioniques soutenant un fronton triangulaire. — L'*école de Pharmacie*, constituée, en 1780, rue de l Arbalète, est destinée à l'enseignement théorique et pratique de la préparation des drogues médicinales. — L'*école Polytechnique*, rue de la Montagne-Ste-Geneviève, la plus brillante de toutes, celle que nous envient toutes les autres nations, est destinée à former des ingénieurs civils et militaires, des officiers d'artillerie, du génie et de la marine.

Fontaines. — Celle dont la construction se fait le plus

remarquer est celle des *Innocents*, chef-d'œuvre de sculpture de Jean Goujon, en 1550. Un bassin carré élevé sur trois gradins voit, à ses quatre angles, quatre lions égyptiens lancer de l'eau dans un bassin inférieur : une coupole en cuivre dont les lames sont terminées en écailles de poisson surmonte le monument.

La fontaine de *Grenelle*, située rue de ce nom, fut construite, en 1739, sur les dessins de Bouchardon.

Le *Château-d'Eau* du boulevard du Temple est formé d'un bassin rond au milieu duquel s'élèvent successivement trois autres bassins; du plus élevé sort une masse d'eau qui retombe en cascade dans les bassins inférieurs : du dernier huit lions lancent des jets d'eau.

La fontaine du *Chatelet*, sur la place de ce nom. Une magnifique colonne de 17 mètres de hauteur, surmontée d'une Victoire, s'élève au milieu d'un bassin circulaire de près de 7 mètres de diamètre. Au bas quatre statues, la Foi, la Force, la Vigilance et la Prudence, se donnent la main.

La fontaine de la place *Dauphine*, sur la place de ce nom, fut érigée, en 1802, à la mémoire du général Désaix, tué à Marengo.

La fontaine de la place *Richelieu* est ornée des statues de la Garonne, de la Saône, de la Loire et de la Seine : ce sont autant de chefs-d'œuvre. L'artiste a donné à chaque nymphe le caractère des habitants des pays arrosés par ces fleuves.

La fontaine de *Molière*, à la pointe St-Eustache, est un monument digne de la célébrité du grand homme qui lui a donné son nom, et dont la statue orne la partie supérieure.

Paris est arrosé par une multitude d'autres fontaines ou bornes-fontaines.

HALLES.—Parmi les halles où s'approvisionne l'immense capitale, on distingue la halle aux *Blés*, reconstruite, en 1806, rue des Viarmes; elle est de forme circulaire avec une très belle coupole en fer de 129 mètres de circonférence, et à laquelle est adossée la colonne où la reine Catherine de Médicis venait consuter les astres; — la halle aux *Fruits*, rue de la Fromagerie; — celle à la *Marée*, au bout de la rue de la Cossonnerie; — celle aux

Draps, entre le marché des Innocents et la rue de la Tonnellerie ; — celle au *Vin*, quai St-Bernard.

Hôpitaux et hospices. — Les premiers reçoivent les malades ; les seconds, les indigents. Ces établissements renferment de 15 à 16 mille lits. Le principal est l'*Hôtel-Dieu*, place Notre-Dame, dont on attribue la fondation à saint Landry. Les autres sont : *la Charité*, rue Jacob ; *St-Antoine*, rue du faubourg de ce nom ; *St-Côme*, rue de l'Observance, avec un jardin botanique et des amphithéâtres d'anatomie ; *St-Louis*, le plus beau de Paris, faubourg du Temple ; *les Vénériens*, faubourg St-Jacques ; *la Pitié*, rue Copeau.

Les principaux hospices sont : *la Maternité*, maison d'accouchement, rue d'Enfer ; l'hospice des *Enfants-Trouvés*, rues d'Enfer et de la Bourbe ; *la Salpêtrière*, hospice de la vieillesse et des incurables, qui sert aussi aux aliénés, boulevard de l'Hôpital ; l'hospice des *Incurables* (hommes), rue du faubourg St-Martin ; pour les femmes, rue de Sèvres ; les *Quinze-Vingts*, fondé par saint Louis, en 1260, pour 300 aveugles, rue de Charenton ; l'hospice des *Orphelins* des deux sexes, faubourg St-Antoine ; l'hospice central de la *Vaccine-Gratuite*, près l'école de Médecine ; l'infirmerie de *Marie-Thérèse*, rue d'Enfer ; l'hospice de *La Rochefoucault*, près le boulevard de ce nom.

Il y a encore cinq hôpitaux militaires : du *Val-de-Grâce*, rue St-Jacques ; des *Invalides* ; du *Gros-Caillou* ; des *Oiseaux*, rue de Sèvres ; de *Picpus*.

Près de 2 millions sont distribués annuellement par douze bureaux de charité.

Jardins. — Le jardin *des Plantes* est sans contredit le plus beau en ce genre qui existe dans l'univers. Fondé, en 1686, par Guy de La Brosse, médecin de Louis XIII, et accrû surtout par l'illustre Buffon, ce jardin offre une promenade charmante et des plus variées. Les trois règnes de la nature y ont leurs représentants. Le cabinet d'histoire naturelle qui en dépend est le plus riche du monde entier. La ménagerie d'animaux vivants attire toujours une foule d'étrangers. Nous avons parlé des jardins des Tuileries et du Luxembourg en décrivant ces palais.

Marchés. — Les plus remarquables sont : le marché St-Germain, construit en 1811; des Carmes, rue Ste Geneviève; du Temple, affecté à la vente du vieux linge, fut bâti en 1809; St-Martin, rue de La Croix : il date de 1817; aux Fleurs, jolie promenade sur le quai de ce nom; à la Volaille, quai de la Vallée; aux Chevaux, boulevard de l'Hôpital; des Innocents, rue St-Denis : les marchandes sont à l'abri des injures de l'air dans une galerie de bois, construite depuis peu.

Musées — Le musée du *Louvre* se compose d'un nombre considérable de tableaux des plus grands maîtres; du musée des Antiques, où l'on remarque surtout une rare collection d'antiquités égyptiennes, et d'un musée naval. Une galerie de dessins et le cabinet de gravures complètent ce magnifique établissement, unique dans le monde, et qui nous est envié par tous les étrangers. — Le musée du *Luxembourg* renferme la galerie de Rubens, le cloître des chartreux de Le Sueur, et une foule de tableaux remarquables. — Le musée d'*Artillerie* réunit toutes les armes à feu inventées depuis leur origine. On y est admis sur une permission du directeur, qui ne la refuse jamais; les étrangers, sur le vu de leur passeport.

Abattoirs. — A Paris, comme il est d'usage encore dans beaucoup de villes, les bouchers abattaient autrefois dans leurs maisons, ou dans des tueries incommodes, les animaux destinés à la consommation. En 1809 Napoléon ordonna la construction de cinq abattoirs. Ce sont : ceux du Roule, dans la plaine de Monceaux : 14 bâtiments et plusieurs cours le composent; — de Grenelle, avenue de Saxe, remarquable par le puits artésien creusé il y a peu de temps, et qui donne une eau abondante; — de Villejuif, près la barrière de Fontainebleau; — de Ménil-Montant, près la rue des Amandiers; — de Montmartre, près la rue Rochechouart. Ces établissements se ressemblent tous, et ne diffèrent que par leur plus ou moins grande importance.

Académies. — Au premier rang est l'Académie Française, composée de 40 membres; fondée par le cardinal Richelieu, elle n'a cessé de briller d'un vif éclat. Chaque année elle distribue un prix de 1,500 fr., de plus le prix établi par M. de Montyon en faveur d'un Français pauvre qui aura fait dans l'année l'action la plus vertueuse; en faveur d'un Français auteur du livre le plus utile aux mœurs, et en outre le prix Gobert en faveur du morceau le mieux écrit sur l'histoire de France. — L'Académie des Inscriptions et Belles-Lettres est composée aussi de 40 membres. Elle distribue chaque année un prix de 1,500 fr., en outre un prix de numismatique et un prix Gobert. — L'Académie des Sciences, divisée en 11 sections, savoir : géométrie, mécanique, astronomie, géographie, navigation, physique, chimie, minéralogie, botanique, économie rurale et art vétérinaire, anatomie et zoologie, médecine et chirurgie; elle distribue un prix annuel de 3,000 fr., les trois prix Montyon de statistique, physiologie et mécanique, et enfin le prix d'astronomie fondé par Lalande.—L'Académie des Beaux-Arts, divisée en cinq sections : peinture, sculpture, architecture, gravure, musique, distribue cinq grands prix, chacun relatif à une des cinq spécialités ci-dessus, et envoie à Rome les lauréats. — L'Académie des Sciences morales et politiques se compose de 40 membres. Ces cinq académies forment l'Institut royal de France, quai Conti, et se réunissent ensemble, chaque année, le premier mai. Chaque académie est indépendante l'une de l'autre, mais la bibliothèque et les collections de l'Institut leur sont communes ainsi que l'agence et le secrétariat. L'Académie nationale de Médecine, créée par ordonnance du roi en 1820, est composée de 85 membres titulaires, et d'un nombre déterminé de membres associés ou étrangers.

Bibliothèques. — Parmi les bibliothèques que l'on compte à Paris, les plus importantes sont : la bibliothèque Nationale, celle de l'Arsenal, de Ste-Geneviève, Mazarine, et celle de la ville. Toutes cinq sont publiques.

Monts-de-piété, sociétés de bienfaisance. — Le Mont-de-Piété, rue des Blancs-Manteaux. — La caisse d'épargnes, Hôtel de-Ville. — La société Philanthropique, la société Maternelle, la société pour l'amélioration des prisons, etc., etc. Il existe encore au moins 200 sociétés de secours mutuels entre les ouvriers, et il n'est pas de mois qui ne voie éclore quelque établissement utile à la classe laborieuse, qui forme le fond de la nation.

Prisons. — La plus ancienne de Paris est la Conciergerie,

près le Palais de Justice; il y a encore La Force; Ste-Pélagie; les Madelonnettes, pour les femmes; St-Lazare; la Préfecture de police; la prison militaire de Montaigu; celle de l'Abbaye, et enfin la prison modèle du faubourg St-Antoine.

Théatres. — Académie Nationale de musique, rue Lepelletier : grand-opéra et ballets, 1,938 places. — Théâtre-Français, rue Richelieu, tragédie, comédie et drame, 1,522 places. — Opéra-Comique, boulevard des Italiens, opéras et comédies mêlées de chant. — Italiens, opéras italiens, place Ventadour. — Vaudeville, vaudevilles et variétés, place de la Bourse. — Odéon, tragédie, comédie et drame, 1,756 places, place de l'Odéon. — Gymnase, vaudevilles, boulevard Bonne-Nouvelle, 1,282 places. — Variétés, vaudevilles, boulevard Montmartre, 1,240 places.—Gaîté, boulevard du Temple, 1,154 places, mélodrames et vaudevilles. — Ambigu-Comique, boulevard St-Martin, 1,800 places, mélodrames et vaudevilles. — Porte St-Martin, boulevard St-Martin, drames, mélodrames, vaudevilles, 1,802 places. — Cirque Olympique, boulevard du Temple, 1,800 places, drames, mimodrames.—Palais-National, 920 places, vaudevilles.— Théâtre Comte, passage Choiseul (jeunes acteurs). — Folies-Dramatiques, boulevard du Temple, mélodrames, vaudevilles. — Porte St-Antoine, drames, vaudevilles.— Panthéon, drames, vaudevilles. — Cirque National, Champs-Elysées, exercices équestres.

Restaurants et cafés renommés. — Café Anglais et café de Paris, boulevard des Italiens; Rocher de Cancale, célèbre pour ses huitres, rue Montorgueil; Véry, Frères-Provençaux, Véfour, Palais-National; le Cadran-Bleu; le Veau-qui-Tête; le Bœuf-à-la-Mode, etc.

Café Tortoni, boulevard des Italiens; de la Régence, place du Palais-National; de Foy, de la Rotonde, Palais-National; Procope, rue des Fossés-St-Germain-des-Prés, un des plus anciens de Paris, célèbre par les réunions des gens de lettres au siècle dernier.

Rues. — Les rues de Paris, composées de maisons dont la plupart ont de six à huit étages, ont un développement de 100 lieues environ. Il est impossibe d'en fixer le nombre, car chaque jour il s'en ouvre de nouvelles. Ce qu'on peut dire c'est qu'elles atteignent presque le chiffre de 1.200. Il y a 125 impasses, 127 ruelles, 74 places, 34 quais, 18 ports, 7 carrefours, 28 cours, enclos et cloîtres publics, 18 boulevards, 129 passages, 58 barrières, 19 avenues et allées publiques, 560 hôtels avec cours et jardins, 700 hôtels garnis, près de 30 mille maisons et de 19 mille boutiques.

Les rues les plus belles à droite de la Seine sont : la rue de Rivoli, dont un des côtés est formé par le jardin des Tuileries ; les rues de la Paix et Castiglione, qui n'en forment qu'une, coupée par la place Vendôme : ces trois rues sont bordées de beaux bâtiments, dont le rez de chaussée est une magnifique suite d'arcades formant une longue galerie couverte ; les rues St-Honoré et St-Florentin, qui joignent le boulevard de la Madeleine à la place de la Concorde ; la rue du Mont-Thabor ; partie des rues St Honoré, du faubourg St-Honoré et Richelieu ; la rue Neuve-des-Petits-Champs et la rue Vivienne ; les rues Caumartin, de la Chaussée d'Antin et de Provence ; on peut citer encore, du même côté de la Seine, les rues St-Louis au Marais, St-Antoine et faubourg St-Antoine, St-Denis, St-Martin, Montmartre, la rue Rambuteau ; et, sur la rive gauche, les rues de l'Ecole-de-Médecine, de l'Odéon, de Lille, de l'Université, de St-Dominique, de Grenelle. Toutes les rues dont la largeur l'a permis sont garnies de trottoirs, la plupart en dalles.

Avant de quitter la brillante capitale, jetons les yeux sur ce qu'était, il y a quelques centaines d'années, la reine de la civilisation.

Au XVe siècle Paris enfermait trois villes : la Cité, l'Université, la Ville. La Cité, celle qui avait donné le jour aux deux autres, occupait l'île. L'Université couvrait tout l'espace compris aujourd'hui sur la rive gauche de la Seine, depuis la halle au vin jusqu'à la Monnaie. La montagne St-Geneviève y était renfermée, et sur l'emplacement actuel du Panthéon était la porte Papale. Sur la rive droite était la Ville, qui était la plus grande des trois parties dont nous venons de parler. Elle commençait au point où est aujourd'hui le grenier d'Abondance, et venait mourir au lieu où depuis se sont élevées les Tuileries. Le point qui terminait la clôture de la Ville était aux portes Saint-Denis et Saint-Martin.

Chacune de ces parties avait ses mœurs, ses priviléges, son histoire. Dans la Cité dominaient les églises, dans la Ville les palais, dans l'Université les colléges. La rive droite était au prévôt des marchands, l'île à l'évêque, la rive gauche au recteur, quant à la juridiction bien entendu.

Au xve siècle l'enceinte de Paris contenait cinq îles sur la Seine : l'île Louviers, alors couverte d'arbres; l'île aux Vaches et l'île Notre-Dame, toutes deux désertes, et qui, unies depuis, sont devenues l'île Saint-Louis; enfin la Cité. Les cinq ponts de la Cité, dont deux en bois, le Pont-aux-Meuniers et le pont St-Michel; trois en pierre, le pont Notre-Dame, le Pont-au-Change, le Petit-Pont, étaient couverts de maisons. L'Université devait à Philippe-Auguste ses six portes, et la Ville les siennes six à Charles V. Les murailles qui sont autour de Paris étaient entourées d'un fossé large, profond, dont le courant était entretenu par les eaux de la Seine. Le soir les portes étaient fermées, et la rivière barrée par de grosses chaînes de fer aux deux points où se terminait sur la rive la partie habitée.

Les rues formaient une confusion inextricable de maisons. Cependant deux rues parallèles et voisines traversaient Paris, en changeant souvent de nom, et venaient aboutir, l'une de la porte Saint-Jacques à la porte St-Martin : c'était la rue St-Jacques; la seconde, de la porte St-Michel à la porte St-Denis : c'était la rue de la Harpe. D'autres rues couraient parallèlement à la Seine, de la porte St-Antoine à la porte St-Honoré, de la porte St-Victor à la porte St-Germain. La ville était hérissée de cheminées, de rues, de ponts, de places, de clochers, de tours.

La Cité avait la forme d'un vaisseau dont la poupe était au levant, et la proue au couchant. La Seine d'ailleurs disparaissait sous les ponts, les ponts sous les maisons. Il n'y avait, à proprement parler, de quai que du pont St-Michel à la tour de Nesle. Partout ailleurs le pied des maisons était baigné par les eaux de la Seine. Les blanchisseuses dans leurs bateaux égayaient, comme aujourd'hui encore, du matin au soir, ses bords par leurs chants.

Quarante-deux colléges étaient disséminés dans l'Université. Parmi les édifices de ce côté on admirait surtout l'hôtel de Cluny, qu'on admire encore avec sa riche tour;

le palais des Thermes de Julien, qu'on avait pour ainsi dire oublié, et dont on vient d'arracher les débris à une ruine complète; une foule d'abbayes, de couvents, d'églises, de jardins, et par-delà la verdure des prairies d'alentour.

Du côte de la Ville le spectacle changeait brusquement: plus grande que l'Université, la Ville aussi était plus animée. C'était un amphithéâtre gracieux, parfois rude, capricieux toujours, jonché de maisons, d'églises, de palais, d'hôtels, de jardins, de places, jusqu'au lieu où est aujourd'hui la place Nationale, et qui était alors un jardin donné par Louis XI à son médecin.

Au couchant la configuration de la ville était terminée par le Vieux-Louvre de Philippe-Auguste avec ses vingt-quatre tours resplendissantes aux derniers rayons du soleil.

Autour de Paris se déroulait une plaine immense cultivée de mille plantes variées, couverte de villages, de châteaux, de tours crénelées. Voilà Paris tel qu'il était donné de le voir intérieurement et extérieurement dans le siècle qui précéda le siècle de la Renaissance.

www.ingramcontent.com/pod-product-compliance
Ingram Content Group UK Ltd.
Pitfield, Milton Keynes, MK11 3LW, UK
UKHW021035180726
13838UKWH00004B/1817